贈與～

今年此時，與我一同
坐看牽牛織女星
獻給：

絮語說相思

Love a celebration To my very special

情有獨鍾

獻給永遠的情人

迢迢牽牛星

迢迢牽牛星，皎皎河漢女，

纖纖擢素手，札札弄機杼。

終日不成章，泣涕零如雨，

河漢清且淺，相去復幾許，

盈盈一水間，脈脈不得語。

~漢　古詩19首~

故事是這樣流傳的⋯

「天上」「人間」隔著一條天河。

織女是天帝的女兒,雙手靈巧織得一手好布,布柔而質密、花綺而栩如生。牛郎是窮苦人家的孩子,憨直、孝順。分家產時得到一隻老牛。牛郎細心照顧下,老牛為感謝他的悉心相伴,便安排牛郎織女相會。

就在牛郎織女眼眸交會、短暫一瞥,天地雖大,唯有彼此映照眼簾,便相許終生。

天帝應允後，牛郎允諾在天上陪伴織女永遠不再回到人間。滿溢的幸福止不住對母親久長的思念，牛郎違背誓言離開天上，返回人間探望年老的母親。

天帝一知，盛怒之下，牛郎永世不得再回天上，與織女永無相會之日。天河將「天上」與「人間」相隔兩邊。牛郎日以繼夜不停舀出天河的水，痴傻信念天河必有乾枯之日，與心愛的織女必能再度重逢。天帝備受感動之下，同意每年七月七日讓牛郎織女相會。喜鵲為幫助這對可憐的戀人早些重聚，召集喜鵲鳥兒們在天河上搭起鵲橋。

七夕即將，鵲橋已拱起，牛郎織女就要相會…

我們如何遇見
／我們在何處相遇

遇見──是幸福的開始…

單圈兒是我，雙圈兒是你，一圈牽向我和你。

寫下屬於你們的一頁，讓每一刻寄語永恆～

我們如何遇見？

在何處與你遇見？

★ 天津四

★ 織女星

★ 牛郎星

牛郎織女星　遙遙相對

仰望夏季的星空，烏漆的夜床，繁星點點。

不需任何，只要深情雙眼，有情人會發現一個清晰的直角三角形，黑天幕背襯之下，橫跨萬兆銀河星。置於頂點的三顆星，就是著名的「夏季大三角」。

「牛郎東，織女西」牛郎星在瀚海星幕中屬於天鷹座裡的一顆星，他位於銀河的東邊；織女星是天琴座裡最亮的一顆星，她位於銀河的西邊；加上天鵝座裡的天津四星，這個橫跨銀河的直角三角形成了北半球夏季星空中最著名的標幟。

七夕的夜晚，與你的戀人一同找尋盛夏星空的三角形。許一個久相偎依的未來。

七夕古詩

古老的中國詩人騷客，對於七夕一再詠嘆，
愛情的執著，以往、未來，亙古不變…

秋夕

銀燭秋光冷畫屏，
輕羅小扇撲流螢；
天階夜色涼如水，
坐看牽牛織女星。

～唐 杜牧～

露盤花水望三星

彷彿虛無為降靈

斜漢沒時人不寐

幾條蛛網下空庭

〜唐 竇常〜

七娘媽與織女星

七夕情人節戀人們份外興奮期待，云云眾生在這一天忙著祭拜「七娘媽」。祭拜七娘媽可不是祈求與情人長相廝守，這樣的祈福有一個美好的寓意，七娘媽是小孩的守護神，祂應允的是每個母親心願的祈望，保佑小孩平安長大。

七娘媽的由來是這樣傳說的…織女是七仙女中最小的仙女，與牛郎銀河兩隔後，在人間的牛郎獨自照顧他們的小孩。六位仙女姐姐相當難過牛郎織女的處境，暗自保護他們的小孩平平安安、長大成人。所以，「人間」就有了七娘媽是小孩們的守護神的說法，她們在冥冥之中保護小孩成長。

　　臺南每年的成年禮又稱「做十六」。孩子滿週歲時，到七娘媽廟祈願，待孩子長大成人滿了十六歲，即可宣告成人。到了七夕這一天準備了雞冠花、圓仔花、香粉、胭脂為主的祭品以及一盆水、一條新毛巾，供七娘媽梳洗妝扮用，酬謝七娘媽多年來的庇佑。回到七娘媽廟，還了願，也了了做母親的一樁心願。

　　臺南府城每年遵循古禮，舉辦盛大「成年禮」、並燒一座紙糊的七娘媽亭做為七娘媽的神殿。

　　更早以前農曆年的七月七日就有祭拜織女星的習俗。在唐朝時，祭拜的是織女三星即現在的天琴座；現在臺南有七娘媽廟。織女星是七娘媽？七娘媽是北斗七星？織女星如何三分為七？這些民間口耳相傳的神話故事，以訛傳訛、穿鑿附會，產生了這麼多趣味版本。

我們何時開始約會
／我們何時開始牽牽小手

慢臉笑盈盈，相看無限情。
這一天，我們第一次約會…
寫下屬於你們的一頁，讓每一刻寄語永恆～

第一次約會地點…
- -

第一次約會的感覺…
- -

第一次我們握手⋯ ------------------------------------

雨中看牡丹

東風未放曉泥乾，紅藥花開不耐寒。

待得天情花已老，不如攜手雨中看。

〜唐 竇梁彬〜

花言巧語

花草不在多，心誠足以
那些說不出的花言巧語，留予花朵替…

握一把鬱金香　對你表白
紅鬱金香訴說　我對你愛的宣言
白鬱金香訴說　純情潔白的戀情
紫鬱金香訴說　你是我的最愛
黃鬱金香訴說　你好高貴

捧著一束玫瑰　　代表幸福

紅色玫瑰說著	love you
粉紅玫瑰說著	我怕羞但我想向你說我愛你
白玫瑰說著	天真 純潔的你
紫玫瑰說著	愛是永恆
黑玫瑰說著	求你愛我好嗎
薔薇說著	你好溫暖

手持蘭花　　代表忠誠

文心蘭朵朵	別再隱藏真心
小蒼蘭朵朵	喜歡清純天真的你
蝴蝶蘭朵朵	停駐我心頭
嘉德麗雅蘭朵朵	濃烈化不開的愛戀

雙手捧百合　　代表愛無盡

白百合說出	尊敬我們的愛
姬百合說出	愛情好美
香水百合說出	對你無止盡

捧一盆景　代表久久長長

仙人掌一盆	艱難不難
薄荷一葉葉	你讓我覺得如沐春風
酢漿草綠意	最幸運的是我遇見了你
藤蔓植物攀緣	對你的愛正蔓延
薰衣草一株	放寬心來愛
海芋高挺	高雅如你
火鶴花火紅	你已點燃我愛火
天堂鳥展翅	我準備要愛你
愛麗絲綻放	紫色柔情
紫羅蘭	Forever
山中茶花開	樸實芬芳一如你
桔梗花嬌柔	你好溫柔
滿天星團簇	摘下滿天星斗給你
星辰花生	你是我的日月星晨
野薑花野生	純樸清雅香氣生

掬滿懷花菊　代表赤裸純潔

雛菊嬌滴滴　　天真可愛的你

瑪格麗特　　　我好喜歡你

波斯菊紅著臉　對你一見鐘情

非洲菊野性呼喊　我想見到你

向日葵抬著頭　赤裸赤誠的愛

我要對你說的花言巧語

華嚴瀑布高千尺，未及卿卿愛我情。

甜言蜜語說不盡…

寫下屬於你們的一頁，讓每一刻寄語永恆～

我要對你說的 『花言巧語』

- -

詞人騷客又一闋詠唱七夕的詞

 鵲橋仙

織雲弄巧，飛星傳恨，銀漢迢迢暗度。

金風玉露一相逢，更勝卻，人間無數。

柔情似水，佳期如夢，忍顧鵲橋歸路。

兩情若是久長時，又豈在，朝朝暮暮。

~宋　秦觀~

 **車遙遙篇**

車遙遙，馬憧憧。

君遊東山東復東。安得奮飛逐西風！

願我如星君如月，夜夜流光相皎潔。

月暫晦，星常明，留明待月復，三五共盈盈。

~宋 范成大~

朵朵小語
(花兒一朵朵 枝枝訴許諾)

贈你花1朵　　你是我唯一

贈你花2朵　　你儂我儂深情濃

贈你花3朵　　告訴你 我愛你

贈你花4朵　　誓言永承諾

贈你花5朵　　無悔無怨尤

贈你花6朵　　請你留下來陪我

贈你花7朵　　願做我妻否？

贈你花8朵　　讓我來彌補

贈你花9朵　　對你堅定如磐石

贈你花10朵　　讓我告訴你:完整的你十全十美

贈你花11朵　　我要一心一意對待你

贈你花12朵　　心心相印

贈你花13朵　　我在暗戀你

贈你花17朵	好聚好散 祝福你
贈你花20朵	對你此情永不移
贈你花21朵	在心中 我最愛的人是你
贈你花22朵	我想和你雙雙對對
贈你花24朵	我思念你
贈你花33朵	三生三世愛你
贈你花36朵	我心屬於你
贈你花44朵	愛至死不渝
贈你花50朵	吾愛對你零保留
贈你花56朵	你是吾愛
贈你花57朵	吾愛吾妻
贈你花66朵	順順利利到白首
贈你花77朵	今生緣來相逢

贈你花88朵	我會用心彌補
贈你花99朵	我愛你久久
贈你花100朵	我倆白頭百年好
贈你花101朵	你是今生唯一
贈你花108朵	要你嫁給我
贈你花111朵	相偎依依綿綿無盡
贈你花144朵	愛你生生世世
贈你花149朵	情長一世久
贈你花365朵	天天要你天天想你
贈你花999朵	直至天長地久
贈你花1001朵	千萬年只愛你一個

我要贈你花朵，因為…

人比花嬌

在我心中，你像什麼花…

寫下屬於你們的一頁，讓每一刻寄語永恆～

貼上一朵她（他）最愛的花

告訴我親吻的滋味

親吻－是親密的開始…
這一天我們第一次親吻的感覺
寫下屬於你們的一頁，讓每一刻寄語永恆～

貼上溫習你們的痕跡

(領帶、頭髮、約會地點旁的樹葉、為他擦
過汗的紙巾……)

- -

唇印頁

留下彼此的唇印，闔上書，親吻正開始…

男親吻印記

女親吻印記

菩薩蠻

花明月暗飛輕霧，今朝好向郎邊去。

剗襪步香階，手提金縷鞋，

畫堂南畔見，一向偎人顫，

奴為出來難，叫君恣意憐。

~五代 李煜~

情人賞星送瓜

海鄉村裡，地海一線，瓜田沙野，左擁一顆綠、右生一顆圓。

地海一線的盡頭，住著阿飛一家的低矮木房。阿飛家境清苦，歷代皆以耕種西瓜維生，他家的西瓜，瓜大多汁、碧翠豐圓。少年阿飛暗戀鄰村英妹以久，遲遲不敢說出口。

農曆七月七日的這一天，海鄉村家家戶戶忙著拜七娘媽。一清早，阿飛的娘告訴他：「阿飛啊！你已經一十六歲啦！你長大啦！不能再一事無成…阿飛…你跑哪去啊？」

「我長大了！我是大人了。今天我一定要告訴英妹，我好喜歡她。」阿飛赤腳飛躍沙田，短髮怒張、薄衫亂揚。

「我要怎麼說呢？英妹會不會被我嚇到？我會臉紅，我…我不敢說」「還是送西瓜就好了，日頭炎炎，英妹吃了西瓜一定很清涼。」阿飛疾停在自家的瓜田小路上，捧了一顆大西瓜，朝英妹的村子跑去。見著了英妹，阿飛臉藏在西瓜後頭，英妹一接過西瓜，他拔腿就跑。

　　日頭還沒落，點點繁星趕著貼上藍天幕。「阿飛，外頭有姑娘找你，阿飛…」英妹笑吟吟的、臉紅通通的，叫阿飛都給看傻眼了。「啊!她把西瓜帶來了」阿飛滿臉耳根通紅，拉著英妹一直跑到海邊。

　　「我要和妳一起吃西瓜」西瓜皮上，有一行歪曲的小字。

　　「你不是要我跟你一起吃西瓜嗎?」

　　北斗星低垂，牢牢貼著天幕卻彷彿要掉落。牛郎、織女星也在天幕一隅。阿飛、英妹吃著大西瓜，海風拂面，暢意涼快。

瓜語傳情

小紅西瓜	I love you
大紅西瓜	I love you so much
小玉西瓜	純純的友情
胡瓜	糊裡糊塗的愛上你
苦瓜	愛你愛得好辛苦
冬瓜	冷戰時期的問候
南瓜	追你追的好難過
絲瓜	思思念念
菜瓜	青菜啦!沒魚蝦也好!
大茂黑瓜	忌妒
木瓜	思慕的人
美濃瓜	美麗而濃密的愛情
脆瓜	值得回憶的情感
哈密瓜	哈你哈嘎沒洗（台語）
香瓜	同情
小黃瓜	希望你做我的黃臉婆

~改編自師大西瓜節　西瓜物語

請你和我一起吃大西瓜
(我們屬於送什麼瓜的階段)

西瓜大且甜，我心真且誠
請你和我一同吃大西瓜。
寫下屬於你們的一頁，讓每一刻寄語永恆～

送你一顆瓜，
讓我們邁入下一階段…

銀漢秋期萬古同

煙宵微月澹長空，銀漢秋期萬古同，

幾許歡情與離恨，年年並在此宵中。

　　　　　　　　　～唐　白居易～

孔雀東南飛

君當作磐石，妾當作蒲葦。

蒲葦紉如絲，磐石無轉移。

　　　　　～漢　無名氏～

忠於愛情條款

願得一心人，白頭不離棄，

二願天下有情人終能成眷屬。

忠於自己，忠於愛情…

我 ＿＿＿＿＿＿＿ 我的他(她)＿＿＿＿＿＿

忠於愛情條款。(請蓋手印)

愛情條款❶ 珍惜相處的每一天。

　　　　　今天是我們認識的＿＿＿＿ 天。

　　　　　我們還要認識下一個＿＿＿＿天。

愛情條款❷ 尊重你、我的不同。

　　　　　你有你的想法，我也有我的；

　　　　　我們傾聽彼此，保有自我。

愛情條款❸ 相關心，相扶持。

　　　　　生病了，要你來關心；

　　　　　需要打氣，讓我來陪你

愛情條款❹　誠懇，誠實。

你若愛上別的人，讓我知道再

離去，我會一直祝福你。

我若有了新戀情，期望你的祝

福和鼓勵。

愛情條款❺　分工，不分心。

我來打掃，你洗衣；你做飯，

碗筷我來洗；彼此合作心相依。

愛情條款❻ _____

愛情條款❼ _____

　　　　　　_____

愛情條款❽ _____

　　　　　　_____

愛情條款❾ _____

　　　　　　_____

七夕古詩情話

情人節東、西方皆有之。
西方情人節，巧克力、玫瑰花…
中國七夕情人節，古詩情話貼心聽…

上邪！

我欲與君相知，長命無絕衰。
山無陵，江水為竭，
冬雷震震，夏雨雪，
天地合，乃敢與君絕。

~漢 無名氏~

情史總復習

你們的姓名

你的名字 /

你的他(她)的名字 /

你們認識多少日子 /

初次相逢

時間 /

地點 /

屬於兩個人的第一次約會

地點 /　　　　　　　時間 /

內容 /

你送他(她)的第一份禮物 /

他(她)送你的第一份禮物 /

親密接觸

第一次牽手時間 /　　　　　　　地點 /

第一次擁抱時間 /　　　　　　　地點 /

第一次親吻時間 /　　　　　　　地點 /

第一次……時間 /　　　　　　　地點 /

你們有了爭執

第一次吵架時間 /

　　　　地點 /

　　　　事由 /

言歸於好的原因 /

最想對他說的一句話

最想對她說的一句話

竹枝詞

楊柳青青江水平，聞郎江上唱歌聲。
東邊日出西邊雨，道是無晴還有情。

~唐　劉禹錫~

南歌子

鳳髻金泥帶，龍紋玉掌梳。

走來窗下笑相扶，

愛道畫眉深淺、入時無。

弄筆偎人久，描花試手初。

等閒妨了繡功夫，

笑問雙鴛鴦字、怎生書。

~宋　歐陽修~

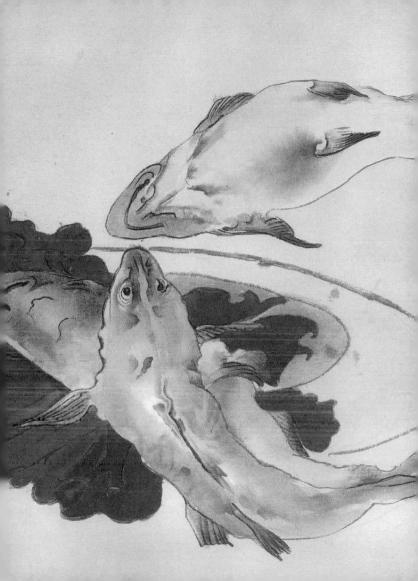

愛要怎麼說？

幼稚園小朋友這樣說「我愛你」…

我的皮卡丘送給你

我長大要跟你結婚

我要跟你一起玩

小學生這樣說「我愛你」…

羞！羞！羞！男生愛女生

臭男生，我才不喜歡你呢！

吳淑珍我跟你說喔：「陳水扁喜歡你…」

中學生這樣說「我愛你」…

我好愛你

你是我的全部

我滿腦子都是你的影子

少男少女這樣說「我愛你」…

5201314；你是我的；你是我馬子

認識你真好；我想跟你在一起

「夏天」:「小雨滴」我們見面吧 ^^！

都會男女這樣說「我愛你」…

我們已經認識這麼久了，那你想怎麼樣

我要你！

和我一起去看星星好嗎？

你是我今生的新娘

我是你的

我等你

你在哪裡？我在這裡。你在哪裡？我在你心裡！

中年男女這樣說「我愛你」…

我的未來將有一部分是屬於你的

我想和你一起慢慢變老

下輩子，我還要嫁給你

下輩子，我還要你做我老婆

擁有你，我就是是全世界最富有的人了

老夫老妻這樣說「我愛你」…

老伴有你在我身邊真好

老伴兒，幫我槌搥背

孩子的爸（媽），謝謝你

贈鄰女 1

羞日遮羅袖，愁春懶起粧。

易求無價寶，難得有心郎。

枕上潛垂淚，花間暗斷腸。

自能窺宋玉，何必恨王昌？

～唐 魚玄機～

玉樓春

尊前擬把歸期說，未語春容先慘咽。

人生自是有情癡，此恨不關風與月。

離歌且莫翻新闋，一曲能教腸寸結。

直須看盡洛城花，始共春風容易別。

～宋 歐陽修～

長命女

春日宴，綠酒一杯一遍，再拜陳三願：

一願郎君千歲；二願妾身常健；

三願如同樑上燕，歲歲長相見。

～五代南唐　馮延巳～

發現大師系列 001
(GB001)

印象花園 01
梵谷
VICENT VAN GOGH
「難道我一無是處,一無所成嗎?,我要再拿起畫筆。這刻起,每件事都為我改變了」孤獨的靈魂,渴望你的走進...

沈怡君編
定價/每本160元
頁數/80頁

發現大師系列 002
(GB002)

印象花園 02
莫內
CLAUDE MONET
雷諾瓦曾說:「沒有莫內,我們都會放棄的。」究竟支持他的信念是什麼呢?

沈怡君編
定價/每本160元
頁數/80頁

發現大師系列 003
(GB003)

印象花園 03
高更
PAUL GAUGUIN
「只要有理由驕傲,儘管驕傲,丟掉一切虛飾,虛偽只屬於普通人...」自我放逐不是浪漫的情懷,是一顆堅強靈魂的奮鬥。

沈怡君編
定價/每本160元
頁數/80頁

發現大師系列 004
(GB004)

印象花園 04
竇加
EDGAR DEGAS
他是個怨根孤獨的孤獨者。傾聽他,你會因了解而有更多的感動...

沈怡君編
定價/每本160元
頁數/80頁

發現大師系列 005
(GB005)

印象花園 05
雷諾瓦
PIERRE-AUGUSTE RENOIR
「這個世界已經有太多不完美,我只想為這世界留下一些美好愉悅的事物。」你感覺到他超越時空傳遞來的溫暖嗎?

沈怡君編
定價/每本160元
頁數/80頁

發現大師系列 006
(GB006)

印象花園 06
大衛
JACQUES LOUIS DAVID
他活躍於政壇,他也是優秀的畫家。政治,藝術,感覺上互不相容的元素,是如何在他身上各自找到安適的出路身?

沈怡君編
定價/每本160元
頁數/80頁

發現大師系列 007
(GB007)

印象花園 07
畢卡索
Pablo Ruiz Picasso
「……我不是那種如攝影師
般不斷地尋找主題的畫
家……」一個顛覆畫壇的奇
才，敏銳易感的內心及豐富
的創造力他創造力他創作出一件件令
人驚嘆的作品。

楊蕙如編
定價/每本160元
頁數/80頁

發現大師系列 008
(GB008)

印象花園 08
達文西
Leonardo da Vinci
「哦，嫉妒的歲月你用
年老堅硬的牙摧毀一切
……一點一滴的凌遲死亡
……」他竭其一生致力發
明與創作，卻有著最寂
寞無奈的靈魂…

楊蕙如編
定價/每本160元
頁數/80頁

發現大師系列 009
(GB009)

印象花園 09
米開朗基羅
**MICHELLANELO
BUONARROTI**
他將對信仰的追求融入在藝
術的創作中，不論雕塑或是
繪畫，你將會被他的作品深
深感動….

楊蕙如編
定價/每本160元
頁數/80頁

印象花園 010
拉斐爾
**Raffaelo
Sanzio Saute**

楊蕙如編
定價/每本160元
頁數/80頁

Reffaelo Sanzio Saute

「……這是一片失去聲音的景色，幻想的傷
心景色中，有那披著冰雪的楊樹，與那霧
濛濛的河岸……」生於藝術世家，才氣和
天賦讓他受到羅馬宮廷的重用及淋漓的發
揮，但日益繁重的工作累垮了他……

Holiday系列 **1**

絮語說相思 **情有獨鍾**

發 行 人 / 林敬彬
企劃主編 / 趙濰
執行編輯 / 方怡清
美術編輯 / 柯悧
出版發行 / 大都會文化事業有限公司
地　　址 / 台北市基隆路一段432號4樓之9
讀者服務專線 / （02）27235216
讀者服務傳真 / （02）27235220
電子郵件信箱 / metro@ms21. hinet. net
郵政劃撥帳號 / 14050529　大都會文化事業有限公司
登　記　證 / 行政院新聞局北市業字第89號

Metropolitan Culture wishes to thank all those
museums and photographic libraries who have kindly
supplied pictures and would be pleased to hear
from copyright holders in the event of uncredited
picture sources.

出版日期 / 2001年8月
定　　價 / 200
書　　號 / GB013
I S B N　957-30552-5-2

國家圖書館預行編目資料

情有獨鍾 /　趙濰企劃主編

臺北市：大都會文化（Holiday系列）

2001【民90】面：　　　公分

ＩＳＢＮ：957-30552-5-2（精裝）

831.92　　　　　　　　　90011978